湛庐 CHEERS

与最聪明的人共同进化

HERE COMES EVERYBODY

奇妙的人文冒险

에디슨의 미디어 교실

爱迪生的八卦小报

［韩］申然淏 著　［韩］黄贞贺 绘
谢依锦 译

中国纺织出版社有限公司

作者的话

1938年10月30日傍晚，一则紧急新闻让美国人大吃一惊："紧急通知：火星人已入侵地球，请各位市民立即采取避难措施！"

这下可乱套了。有人匆忙收拾避难的行李，有人准备枪支，还有人给警察局和消防局打电话。整个国家陷入一片混乱。

其实，这条广播并非一条真实的新闻，而是广播剧《火星人入侵地球》[①]中出现的内容。尽管在广播剧播放之前，主持人已经再三强调"这是虚构的内容，请不要当真"，但还是有很多中途开始收听的听众信以为真。据说，这部广播剧为增强紧张感而采用偏纪实的风格，模拟新闻播报的方式进行，也难怪有这么

---

① 《火星人入侵地球》（广播剧）由哥伦比亚广播公司在1938年10月30日以万圣节剧的形式在空中水银剧场播出，由著名演员、导演奥森·威尔斯主播。该广播剧以新闻记者赫伯特·乔治·威尔斯的科幻小说《星际战争》改编而成。广播员使用戏剧纪录片的手法，模仿现场报道的口吻向听众播报：火星人正在入侵地球，总统已经宣布美国进入紧急状态。——译者注

多听众上当。

我在书中读到这段奇闻时，产生了许多想法。

"原来在20世纪30年代，有这么多人收听广播啊！"

"这部广播剧制作得多么逼真啊，竟然蒙骗了这么多人！"

"媒体的力量这么强大，真了不得！"

媒体是人们为了交流、传播信息而使用的工具或方式。报纸、书籍、广播、电视、互联网，这些都是我们在日常生活中随处可见的媒体。除此之外，媒体还有很多其他的形式。从广播剧《火星人入侵地球》这一事例中我们可以发现，媒体具有强大的影响力，它能迅速传播信息，并让人们相信这些内容。我们时刻都能感受到媒体的强大力量，与此同时，我们也能直接创造这样强有力的媒体。

如果我们正确地使用这些工具，就能帮助许多人；相反，如果我们错误地使用这些工具，则会造成混乱，甚至导致严重的损失。随意使用强大的东西往往会惹出很多麻烦。这就如同一个能力强大的人，一旦有了坏心思，就会从英雄变成暴徒。

那么，怎样才算是正确地使用媒体工具呢？听说爱迪生能给我们答案。现在，就让我们走进奇妙的人文冒险之旅，一起去找爱迪生聊一聊吧！

申然溟

故事人物介绍 ▼ 搜索

认识一下本书的出场人物吧!

家长通知书

匿名留言板

吴建河

高句丽小学三年级学生。某天,在班级主页的匿名留言板上,他被人毫无来由地诬蔑为班级败类。这到底是怎么回事呢?

摄像大叔

吴建河的叔叔，在电视台工作，他总是架着一台摄像机，自称摄像大叔。不过叔叔还有另一个身份，是什么呢？

艾尔

在火车上售卖糖果和报纸的少年，他会自己做实验、办报纸。此外，他还经常讲述一些有趣的故事。他究竟是谁呢？

比尔

艾尔的朋友。他经常担心艾尔，真心实意地想要帮助艾尔，但他真的帮上忙了吗？

姜民赫

正如艾尔与比尔的关系，他和吴建河也是好朋友。他很讲义气，把整个事件的来龙去脉都告诉了建河。那么，这件事的真相是什么呢？

目 录

1. 一封告发信 1

2. 卖小报的艾尔 12

3. 新任记者吴建河 22

4. 一次特别报道 34

5. 打听传闻的比尔 44

6. 真相大白 58

向导叔叔的人文课程

伟大历史人物的小传 68

媒介发展小史 73

人们应该如何使用媒介 83

培养思维能力的人文科学 87

关于爱迪生与媒介发展的历史，你了解多少？

扫码激活这本书
获取你的专属福利

- 下面对爱迪生的描述哪个是错误的？（ ）
    A. 他一生有许多发明创造，被誉为"发明大王"
    B. 他曾办过报纸
    C. 他毕业于哈佛大学
    D. 他听力不好

扫码获取全部测试题及答案
来奇妙的人文世界一探究竟

- 人类历史上最早的媒介是什么？（ ）
    A. 报纸
    B. 语言
    C. 绘画
    D. 广播

- 现在手机中的自媒体是危险的，我们应该彻底远离，这是对的吗？（ ）
    A. 对
    B. 错

扫描左侧二维码查看本书更多测试题

1. 一封告发信

周五晚上，高句丽小学三年级2班的班级主页上出现了一条新留言。这条留言的题目是"告发信"，点开后会看到这样的内容。

告发信　　　　　　　　　　　　　　　　2022.03.04

你偷偷用朋友的手机点炸酱面，还故意选错外卖地址。
你在江山公寓附近转悠，偷拿别人的快递。我都看见了！
你还向月牙公园对面的流浪猫喂食处扔石头，对不对？
流浪猫见了你都躲着走。
你真是个班级败类。
2班的同学们！想知道这个败类是谁吗？
几天后我就公布他的名字！

奇妙的人文冒险　爱迪生的八卦小报

　　这段文字是出现在匿名留言板上的。也就是说，没有人知道是谁写下的这条留言。一直以来，匿名留言板都没有什么存在感，零星的三四条留言不过是一些鸡毛蒜皮的抱怨，比如"今天学校的饭菜真难吃""作业好多"等。然而，过去一直静悄悄的留言板上却忽然出现了这封告发信。

　　最先发现这条留言的人是郑娜丽，她在班级主页上的名字叫"娜丽小可爱"。她打开班级主页，本来想查看家长通知书，却无意间发现匿名留言板上有新留言。她点击进入留言板，竟然看到了这封告发信。娜丽立即打开群聊，把这件事告诉了自己的两个好朋友。

娜丽小可爱

咱班主页上有篇奇怪的留言。你们看到了吗？

恩彬小可爱

什么留言呀？

娜丽小可爱

你看看就知道了。绝对劲爆！

1. 一封告发信

消息飞一般地传开了。群里另外两个小伙伴看了匿名留言后,又通过手机告诉了其他同学。这样一来,告发败类的留言后面出现了许多条评论。

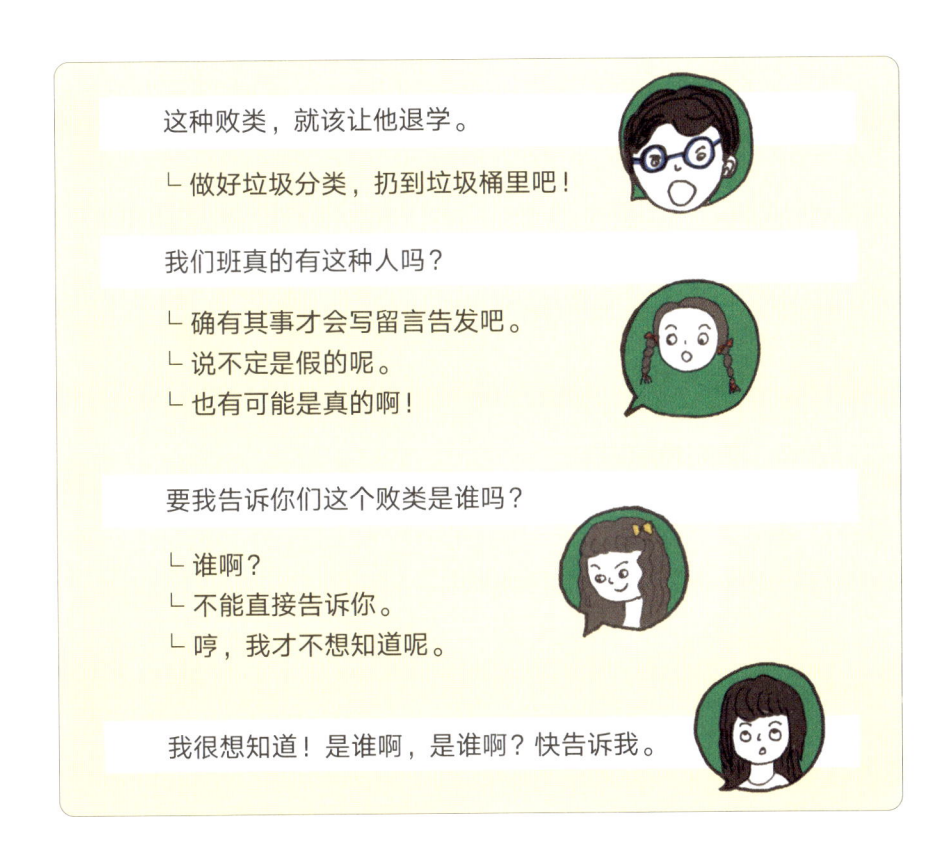

> 这种败类,就该让他退学。
> └ 做好垃圾分类,扔到垃圾桶里吧!
>
> 我们班真的有这种人吗?
> └ 确有其事才会写留言告发吧。
> └ 说不定是假的呢。
> └ 也有可能是真的啊!
>
> 要我告诉你们这个败类是谁吗?
> └ 谁啊?
> └ 不能直接告诉你。
> └ 哼,我才不想知道呢。
>
> 我很想知道!是谁啊,是谁啊?快告诉我。

到周六早上,这条留言后面的评论更多了。其中有一条评论格外引人注目。

奇妙的人文冒险 爱迪生的八卦小报

> 败类就是 wjh！
>
> └ wjh？这是谁？
> └ 三个字母？要不然就是 wu，ji，he。哈哈哈。
> └ 咱班有叫这个名字的人吗？
> └ 笨蛋，这是名字里每个字的拼音首字母呀，咱们班主任也是 wjh。
> └ 不懂就别瞎说！老师的名字叫吴圣慧，怎么能缩写成 wjh？
> └ 啊，对了！老师说了，谁要是在班级主页说脏话就给他扣分。我要告诉老师。
> └ 随便你，你知道我是谁吗？
> └ 你是谁？快说！
> └ 你觉得我会告诉你吗？呆瓜。

尽管不知道彼此的身份，同学们还是在评论区展开了激烈的争吵。直到周六晚上，另一条评论打断了这场争论。

> 朋友们，我知道了！符合标准的只有这一个人。
>
> └ 谁？？
> └ 咱班叫 wjh 的只有吴建河。我在作业本上把全班的名字都写了一遍。
> └ 真的是吴建河？
> └ 我就知道是他。我去年还看见吴建河抢一年级学生的钱。
> └ 他还往我的午饭里放过橡皮屑。吴建河就是败类。

1. 一封告发信

周日上午，姜民赫打开了班级主页，他吃惊得张大了嘴巴。姜民赫是吴建河最要好的朋友，他急忙拨通了建河的电话。

"喂，建河，你上次打开班级主页是什么时候？"

"主页？周五吧，啊不对，周四！周五我就没看过。"

"唉，那你还什么都不知道啊。现在主页上可闹翻天了。"

"闹翻天？噗！"

听到建河竟然笑出了声，民赫十分无奈。

"有什么好笑的？匿名留言板上都吵翻天了，说你吴建河是败类呢。"

"败类？怎么会……"

建河紧张得说不出话来。民赫叹了口气，把匿名留言板的事情从头到尾告诉了建河。最后他问道："吴建河，你偷过江山公寓的快递？"

"我疯了吗？"

听到建河的叫喊声，爸爸急忙走进建河的房间。然而，建河并不想面对爸爸，他匆忙挂断电话，走出家门。不然的话，爸爸一定会追着他问个没完没了："怎么了？谁欺负你了？不要自己忍着，你要说出来，说出来，说……"

爸爸在家办公，不用去公司上班，他一见到建河就会唠唠叨叨。妈妈常驻外地的建筑现场之后，爸爸变得更加唠叨了。要是唠叨也能考资格证，爸爸一定是顶级的水平。

奇妙的人文冒险 爱迪生的八卦小报

出门后，建河向月牙公园的方向走去。他很想亲眼看一下那些匿名评论，却发现自己没带手机。为了躲开爸爸的追问，他出门时太匆忙，连手机都忘拿了。他一屁股蹲坐在公园的地上。

"到底是谁啊？是谁在留言板写了我的名字？"

建河找不到怀疑的对象。这段时间他没有得罪过谁，也没有人嘲笑戏弄过他。

"是谁想到我的呢？"

建河一边自言自语，一边用双手紧紧地抱着自己的脑袋。

"建河！你在这儿干吗呢？你身体不舒服吗？"

听到有人说话，建河抬起了头，最先映入眼帘的是一台摄像机，架着那台摄像机的正是建河的叔叔。

"我没事。"

建河的回答很生硬，但叔叔并没有走开。

1. 一封告发信

"就算身体没事,但这里和这里似乎不太舒服吧?"

叔叔用手指点了点自己的胸口和脑袋。

"……"

"说说看,出了什么事?说不定我能帮到你呢。"

建河起初不想跟叔叔说心事,他怕叔叔会告诉爸爸。但他第一次看到工作中的叔叔,忍不住上下打量着叔叔。叔叔手中的摄像机上贴着一个标签,上面写着"奇妙的人文冒险",他头上的帽子也贴着同样款式的标签,不过要稍小一些。

"啊,对了!"叔叔翻了翻口袋,掏出一张皱皱巴巴的名片。"还没告诉你呢,我还有一个身份!"

奇妙的人文冒险　爱迪生的八卦小报

"冒险向导？叔叔说自己无所不知、无所不能？那么也许，我的故事也能告诉他……"

建河这般想着，看了看面前的叔叔，又看了看手中的名片。叔叔咧嘴一笑，在建河旁边坐了下来。有耐心又温暖的亲人愿意倾听自己的故事，就像在沙漠里遇见了骆驼，让人觉得安心又可靠。于是，建河把迄今为止发生的事情全部告诉了叔叔。

"原来是这样啊，那你也太冤枉了。败类告发信什么的，一开始就不该发布，是不是？"

建河使劲点了点头。

"要是删除了最开始的那段文字……哎呀对呀，要不我让他删除那条留言吧？这样后面的评论也就一起消失了。"

建河连忙问道："可是，你也不知道是谁上传了告发信，又怎么让他去删除呢？"

"哦，是的。在我看来，你最好先站出来说明一下，告诉大家你没有做过那些事。不然就算删除了留言，你也难以摆脱那些骂名。"

"怎么做才能向大家说明呢？"

"写一篇情况说明怎么样？就说请大家相信，你绝对不是那样的人。"

1. 一封告发信

"同学们会相信我吗?如果是那个评论 wjh 的人告诉大家真相,那还有可能。"

"那么,只要找到写评论的人不就行了。"

"您也真是的,我不是告诉您了嘛,那是匿名留言板!我要是知道那人是谁,还用得着在这儿犯愁吗?"

"我有一个好办法。"叔叔自信满满地说着,还掏出了一张名片大小的塑料卡片。"这是秘密卡片,上面会显示评论 wjh 的人是谁。"

建河急切地接过这张卡片,拿在手里仔细看了看。但别说是人名了,卡片上就连一丝一毫的字迹都没有,背面也是空空如也。这不过是一张白色的塑料卡片。

"这上边什么字也没有啊!"

"要是上面本来就有字,那还能叫秘密卡片吗?你得让字迹显现出来。"

"那我该怎么做?"

"你敢不敢冒险?不是做坏事或者有危险的事,是去秘密教室找一个名为'艾尔'的朋友,你要真心诚意地帮助他,并不断接近真相,卡片上就会一点儿一点儿出现那个人的名字。"

"哇!真的吗?这可太神奇了!"

叔叔的话和这张卡片如同在黑暗中点亮了一盏明灯,让建河一下子看到了希望。想到叔叔冒险向导的新身份,他把卡片揣进衬衫口袋中,站起来拍了拍屁股上的土。

奇妙的人文冒险 　爱迪生的八卦小报

1. 一封告发信

"秘密教室怎么走?"

"不用着急,你再考虑考虑。"

"我哪有时间考虑呀?明天就得去上学了,我得赶快找出这个人。"建河向叔叔伸出了手。叔叔抓住建河,"嗨哟"一声站了起来。于是,建河跟着叔叔,登上了电视台的面包车。

2. 卖小报的艾尔

面包车一路飞驰，驶入学校后面的小路，接着，叔叔逐渐放慢了车速。高大的树木排列成行，挡住了前面的路。

看来前面就是树林了。

"向秘密教室前进！"

"我们往哪走啊？前面的路都被挡住了！"

建河还没来得及问出口，只见叔叔猛踩一脚油门，汽车"嗡"的一声冲向了树林。

建河不自觉地闭紧了双眼。

"砰！哐当！"估计下一秒就会听见这样的声音吧……

然而四周却很安静，建河悄悄睁开眼睛，转头看向窗外。

这是一条绿色的隧道，墙壁、隧道顶部，甚至汽车行驶的路面都是绿色的。

也许是因为没有了风的阻力，汽车行进得更加平稳了。

"吱——"一个急刹车让建河向前扑了出去。

2. 卖小报的艾尔

"抱歉！不小心开过了。我一进这条隧道就会迷路。"

叔叔一边倒车一边倒数，"10，9，8……"，当数到零时，他把车停了下来。

"我们到了，这里就是通往秘密教室的入口。"叔叔用手指向窗外，但建河却没有看到门，那里只有绿色的墙壁，似乎和刚才急刹车的地方没有什么不同。

"那里的墙上有一个秘密之门，用手一摸就会出现门把手。你只需用力一拉，打开门进去就行了。"

"我自己去吗？"

"嗯，我已经跟那边打过招呼了，没问题的。"叔叔一边说，一边示意建河下车。

"那我怎么回来呢？"

"我会去接你的。当卡片上显现出名字的时候，我就去找你。"叔叔肯定的语气让建河安心了一些。

建河相信叔叔的话，他相信隧道中间有一个秘密之门，也相信卡片上出现名字的时候，叔叔就会来接他。因为叔叔总有很多新奇的点子，而且从来没有骗过小孩。

于是建河下了车，他小心翼翼地走向了那面墙，停了三秒钟，然后就试探地在绿色的墙壁上来回摸索。

忽然，他抓到了一个凸出来的把手，这就是秘密之门。

建河紧紧握住门把手，用力拉开了这扇门……

奇妙的人文冒险　爱迪生的八卦小报

2. 卖小报的艾尔

"哎哟,吓我一跳!我还以为是艾尔呢!"一个大胡子叔叔长舒一口气,抚了抚自己的胸口。

在他身旁还有一位拄着手杖、戴着礼帽的大叔,他也看了看建河,转而对大胡子叔叔说:"你这人真是!我被你吓得不轻,火车还没到呢,哪来的艾尔呀?"

"所以我才大吃一惊嘛。我还以为火车没到,艾尔反倒先来了。"

建河想起了叔叔的话——让他去帮助艾尔。

看来是绿色隧道里的秘密之门把他送到了这里,不过,这里与他生活的地方似乎不大相同。正当建河不知所措地站在门边时,大胡子叔叔朝他招了招手。

奇妙的人文冒险　　爱迪生的八卦小报

"孩子，赶紧进来吧，要坐火车的话你得赶紧买票，火车不一会儿就要进站了。"

听了大胡子叔叔的话，建河小心翼翼地走向了这个陌生的世界。"叔叔说这里是什么教室，但这儿好像不是学校啊？这个大胡子叔叔还让我买票，这样看来，我也许来到了一个火车站。这可太奇怪了。"

建河之前去过的火车站里都有很多商店，而且总是人来人往，非常热闹。但这个车站却很小，挂在墙上的镜子和黑板也像是过去的老物件。那两位叔叔的长相与衣着打扮也和自己不太一样。

"罗伯特将军今天会出兵进攻北方军吗？电报的内容太简略了，真想赶紧知道详细的战况啊！"大胡子叔叔指着墙上的黑板。

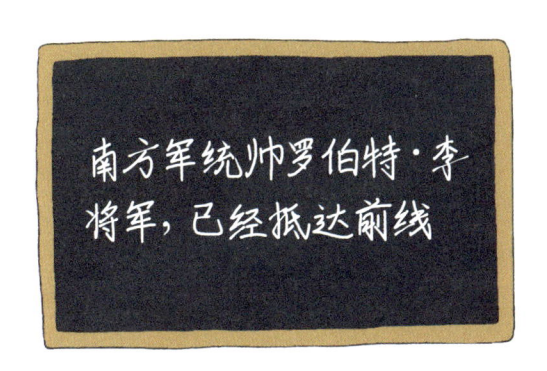

> 南方军统帅罗伯特·李将军，已经抵达前线

建河直勾勾地盯着黑板，"前线"是什么意思？

大叔们并没有在意建河，继续着刚才的谈话。

"别着急，再等等吧，艾尔会带来新消息的。"

"不过话说回来，罗伯特将军为什么要加入南方军呢？听说他并不支持奴隶制啊！"

"罗伯特将军的老家在弗吉尼亚州，那里是南方军的属地。要是加入北方军，就要和老乡们打仗，也许出于这个原因，他才选择加入南方军吧！"

南方军、北方军、奴隶制……前线就是战场的意思，那么这里是……美国！

此时的美国正处于南北战争时期，南北双方因奴隶制度而交战，执政的是林肯总统。

"孩子，你到这儿来一下！"正当建河左顾右盼之时，有个身穿制服的大叔从车站值班室里走了出来。

"真是个时髦的小伙子！之前看报纸上说，牛仔裤在西部很流行，没想到在东部地区也能见到。"

建河低头看了看自己的裤子，这种牛仔裤在他生活的地方很常见，但在这个时代似乎还没有得到普及。

"你认识艾尔吗？"

"啊？认，认识！"

虽然还没有见过面，但是既然叔叔让自己帮助艾尔，也不能说是陌生人吧。

"拿着，这是艾尔给我的。他说，如果有面生的孩子到车站来，就麻烦我转交一下。"

说着，身穿制服的大叔递给建河一张火车票，车票上写着"始发站：芒特克莱门斯[①]站。终点站：休伦港[②]站"。这样看来，叔叔应该已经提前与艾尔打过招呼了。

"你去站台上瞧瞧吧，火车到站后，你会看见艾尔从车上下来卖报纸。"

[①] 芒特克莱门斯：美国密歇根州的城市。——译者注
[②] 休伦港：美国密歇根州的港口城市。——译者注

2. 卖小报的艾尔

接着,大叔朝着候车室里的人群高声喊道:"火车即将进站,请各位抓紧时间!艾尔将为大家答疑解惑!"

候车室里的人们立即停止交谈,一窝蜂向站台涌去。建河也跟着人群走向了站台。

"呜呜——"伴随着震耳欲聋的汽笛声,黑黢黢的火车冒着白烟驶入车站。这是一辆老式蒸汽火车,建河之前只在照片上见过。一个戴帽子的少年从最后一节车厢上跳下来,他看起来比建河年长五六岁,他的腋下夹着一叠报纸。这个少年就是艾尔,他高声叫道:"卖报啦,卖报啦!这里有李将军的前线消息!报纸所剩不多,想要购买的先生们请准备好硬币!"

站在黑板前聊天的人们纷纷把硬币递给艾尔。只见艾尔飞快地从腋下抽出一份报纸递过去,随即收下了硬币,动作非常麻利。

奇妙的人文冒险　爱迪生的八卦小报

"艾尔,抓紧时间!今天的停车时间不长,列车很快就要出发了。"身着制服的大叔一边提醒艾尔,一边挥着手中的旗帜。

"好的,已经结束了,马肯斯站长。"

原来,这位身穿制服的大叔是芒特克莱门斯火车站的站长马肯斯。说着,艾尔把一份报纸交到站长手中。

"先生,这是送给您的。谢谢您把电报传来的消息写在黑板上,吸引了更多人前来购买报纸。多亏您帮忙,最近我的生意还不错。"

"不客气,很高兴能用这种方式帮到你!"

建河想起了大叔们聚在小黑板前聊天的场景,看来是站长通过电报得到消息,并将其写在黑板上。这样一来,人们更加好

2. 卖小报的艾尔

奇消息的详细内容,纷纷前来购买报纸。

"请注意,列车即将出发!"马肯斯站长大声吆喝道。买到报纸的人接连离开站台,艾尔则向火车上走去。看着艾尔远去的身影,建河急忙喊了一声"喂!"艾尔回头看到建河,不好意思地说:"你看我这脑子,你就是冒险向导送过来的孩子吧?"

"嗯,你就是艾尔吧!"

"没错,咱们先上车再聊吧。"

建河抓住艾尔伸出的手,一跃登上了火车。火车拉响汽笛,缓缓开动起来。

3. 新任记者吴建河

"艾尔！到这儿来一下好吗？"

二人刚上火车，就有一个阿姨招手让艾尔过去。艾尔一边大声回应着，一边把一个有背带的小木箱挂在脖子上。小木箱里放着许多东西，有报纸、水果、糖等。

"我想给孩子买一颗糖果，麻烦帮我拿一颗。"

艾尔把一颗红白条纹的糖果用纸张包裹起来，递给了阿姨。和卖报纸的时候一样，艾尔收钱找零的动作非常熟练。接着，又有其他的乘客找艾尔购买了报纸和水果。卖完东西之后，艾尔向建河走了过来。

"不好意思，火车每次到站都会有很多新乘客上车，忙得没顾上找你。不过，好像你已经知道了我的名字了，我叫艾尔，你……"

"啊，我叫吴建河。"

"吴建河。"艾尔低声重复了一遍，从木箱里拿起一颗条纹

3. 新任记者吴建河

糖果递给建河。建河没有收，他不好意思地说："我没有钱，出门太着急了，什么也没带。"

艾尔笑了，直接把糖果塞到建河手里，说道："这是送你的。最近因为前线在打仗，大家都来买报纸，我手头还算宽裕。你远道而来，这点礼物还不算什么。"

"因为前线打仗，所以都来买报纸？"

"对啊，人们可以在报纸上了解自己关心的战争新闻嘛。"

建河扑哧一笑，说道："原来是因为没有电视，只能在报纸上看新闻呀。"

奇妙的人文冒险　　爱迪生的八卦小报

这话不是对艾尔说的，是建河在自言自语。建河这才明白过来，自己是穿越到电视机发明之前的时空了！马肯斯站长还说呢，牛仔裤在西部很流行。牛仔裤发明于19世纪，电视则发明于20世纪。这些知识都是建河在发明节[①]时通过网络了解的。

"你说什么？电视？"

看到艾尔十分好奇，建河心说不好，也许自己不应该告诉艾尔关于未来的事情。

"啊，没什么，我自言自语呢。"

建河试图蒙混过关，但艾尔却没有含糊，他继续说道："'电视'，是说能看到什么的意思吗？"

"嗯，所以说……以后要是能发明出这种东西就好了……这不过是我自己想象的东西。"建河结结巴巴地解释着，艾尔却一把抓起了他的手。

"哇——叔叔说得果然没错！"

"向导大叔跟你提起过我？"

"没有特别提过你的名字，不过他说要带来一个朋友过来，说他年纪不大，但博学多识。你对发明创造这么感兴趣，我一定能从你身上学到很多东西！"

建河尴尬地笑了，其实他对于发明创造并不了解，之所以

[①] 发明节：韩国政府将每年5月19日定为"发明节"，旨在宣传发明创造的重要性，激发国民创造力。——译者注

3. 新任记者吴建河

知道这些事情，只是因为自己来自未来的时空，但这些话都不能告诉艾尔。

艾尔不知道建河在想什么，他笑呵呵地说："向导大叔总是不按套路出牌，你快忘记他的时候，他就突然出现，吓你一大跳。这次也是，两天前他忽然冒出来，说要带一个优秀的朋友过来，让咱俩这段时间互相帮助呢。你过来帮我，我自然是很开心，但是……"

建河想说"我也很开心，那么我能帮你做什么事呢？"，他还没有来得及问出口，火车已经开到了下一个车站。车门一开，就有个大叔高声呼喊艾尔。

"艾尔，快来！大伙都在最后一节车厢等你呢，都急着找你买报纸呢！"

"哎，这就来了！"

艾尔让建河稍等一会儿，说完立即向火车最后一节车厢走去。过了好久艾尔才回来。

火车到达休伦港站时已经是傍晚时分了。

从车站走到艾尔家需要很久，二人饥肠辘辘，一路上没有过多交谈，只是默默地走路。

到家后，建河问候了艾尔的家人，他们终于吃上了晚餐。

饭后大家都困了，艾尔把自己的房间让给了建河，自己拿着枕头住进弟弟的房间。

第二天凌晨，建河被艾尔说话的声音吵醒了。

"糖块和棉花糖，这些应该够了，零食先带这些。啊，还有之前顾客预订的明信片！"

建河只能看见艾尔的背影——他坐在窗前，借着窗外的光线，忙着准备放进小木箱里兜售的商品。虽然是自言自语，但他说话的声音很响亮，建河还以为他在和别人说话。

"艾尔，今天你也要去火车上卖东西吗？"

"当然啦，这是我的工作嘛。"

"你不去上学吗？"

"之前上了3个月就被学校赶出来了。那都是七年前的事了。用我妈妈的话说，我太出色了，没有必要去上学了。"艾尔呵呵笑着回答道。

建河在心里想："既然艾尔不去上学，那么叔叔所说的教室在哪里呢？也许那个'秘密教室'并不在学校？哎，先不管这些了，反正我只要帮助艾尔就行了嘛！"

建河心中有很多疑问，但他决定先专心帮助艾尔。

他指着小木箱问道："艾尔，你还有这种小木箱吗？我也想帮你一起卖东西。"

"不行，卖东西很辛苦的。有的人抱怨东西价格贵，这还算好的；还有人直接把东西扔到车窗外面，让我把东西捡回来才给钱。要是遇见那样的客人，你打算怎么处理呢？"艾尔的话语中充满了对建河的关心。

"我……"

"我想请你帮忙做别的事情。"

听到艾尔的这句话,愁容满面的建河重新露出笑容。

"我能帮你做什么?艾尔,你只管开口,我一定全力帮你!"建河开心地叫起来。

"走,咱们先去休伦港火车站。"

每天早上七点,艾尔从休伦港站登上火车,直到终点站底特律站下车。

在火车行驶的3小时中,艾尔在车厢里来回走动,售卖一些零食和小物件。

乘客们不仅找艾尔买东西,还会向他打听各种消息。

"艾尔!听说火车的发车时间变了,新的时间表什么时候开始执行啊?"

"艾尔!底特律市场上的青豆最近多少钱一斤?鸡肉呢?"

"艾尔!我说那个在休伦港工作的约翰,他的腿好了没有?"

对于这些提问,艾尔的回答都一样:"最新消息都会登载在报纸上,请您等几天!"

建河不禁好奇,艾尔到底是什么人呢?无论是蔬菜的价格,还是人们的各种情况,他竟然全都了如指掌,还会把这些都刊登在报纸上。

他的真实身份是什么呢？

"难不成是秘密教室的秘密老师？"

叔叔总是挂在嘴边的"秘密"，已经成功在建河的大脑里扎根了。

"建河，我带你去一个地方。"

火车即将行驶到终点站时，艾尔带建河来到火车的最后一节车厢。

这里没有乘客，是装载货物的车厢。钉在墙壁上的搁板上放满了试剂瓶，车厢中间还有一张书桌，桌上放着某种设备。

"这里是我的实验室，我对科学很感兴趣。哎，小心别碰到那些试剂瓶，有的瓶子里装着易燃的药剂呢。"

听到艾尔这么一说，正在打量试剂瓶的建河吓得往后退了几步。

艾尔从实验室的一角拿起一张纸递给建河，这张纸不过手绢大小，纸张顶部写着"先驱周报"这几个字。

"这是我自己办的报纸。"

"你不仅卖报纸，还会自己办报纸？"

"对啊，我不仅出售正规报社出版的报纸，还在这里出版自己的报纸，内容都是为火车乘客定制的。所以，这里不仅是我的实验室，还是我的报社。"

建河环顾四周，转而把视线落到手中的《先驱周报》上。

3. 新任记者吴建河

奇妙的人文冒险　爱迪生的八卦小报

> 从下个月起，休伦港站的发车时间从早上7时改为7时30分。
> 巴尔的摩站上任了一位新站长。
> 休伦港站的搬运工约翰·罗宾斯腿部受伤。

原来，乘客们向艾尔询问的事情都在报纸上。

"虽然这份报纸只有手绢大小，但读者却很多。不过，最近每周发行一次都很困难了，因为我忙着卖报纸，没有时间在车厢里取材了。"

的确如此，建河也知道艾尔有多忙。

"所以说，你愿意做《先驱周报》的记者吗？向导大叔说过，你一定能写出很好的新闻报道。"

"记者？哇，听起来好厉害！"

在书本或者电视剧中，记者的形象如同正义的化身，他们像便衣警察一样追踪坏人，帮助弱者。建河心想，能一边做这么厉害的事情，一边找出评论 wjh 的那个人，这还有什么好犹豫的呢？

"太好了！我愿意！那么我从哪里开始呢？"

"你先在车厢里转一转，取材后编写新闻报道。关于报纸的

3. 新任记者吴建河

排版，也就是每篇报道的位置，以及字体的大小，咱们一起商量着决定，至于报道的录入与印刷就由我来负责吧。"

火车在上午 10 点抵达了底特律车站，而开往休伦港的返程列车将于下午 4 点 30 分出发。也就是说，艾尔和建河要在底特律度过中间的这段时间。

这天，艾尔也带着建河去了市场，二人仔细调查并记录了最新上市的物品，以及各种物品的价格，他们将把这些内容刊登在报纸上。

在返回休伦港的列车上，艾尔依然忙于售卖报纸。报道称，继昨天之后，前线又发生了激烈的战斗。趁这工夫，建河在车厢里走来走去，寻找合适的新闻素材。

"请问您知道什么值得报道的消息吗？或者，您有什么想知道的事情吗？"

对于建河的提问，乘客们都保持沉默，还直勾勾地盯着他看。那表情仿佛在说："你是谁啊？"接连碰了几次钉子，建河逐渐有些泄气。在火车上逛完一圈后，他一屁股坐在了空座上。

列车在下一站停靠时，有两名乘客坐在了建河的后面。

"吉米，你新开的店铺怎么样？顾客多吗？"

"唉，一天也见不着个人影！也许大家还不知道那儿开了家店呢，要不我去街上吆喝两声'吉米家杂货店开张了'，你觉得如何？"

奇妙的人文冒险　　爱迪生的八卦小报

　　听到二人的谈话，建河从座位上一跃而起，向吉米走了过去。

　　"吉米叔叔您好！您可以在报纸上刊登杂货店的广告呀，您看怎么样？"

　　两位先生默默地打量着建河，和其他人一样，他俩的表情好像也在无声地询问："你是谁呢？"

　　建河自我介绍说："我是《先驱周报》新任的记者吴建河。"

　　二人依然盯着建河，露出有些惊讶的神情，其中一位先生说："报纸广告！这个方法听起来不错！好，吴建河记者，那我就登一则广告吧！"

3. 新任记者吴建河

"您的想法好极了,要想把信息一次性告诉很多人,当然要通过报纸了!"建河随声附和,说完便转过身去,满怀期待地从口袋中掏出那张秘密卡片。

他紧张得不敢直接看,紧闭双眼,再猛然睁开眼睛一看——出现了!

白色卡片上出现了黑色的墨迹。

4. 一次特别报道

"艾尔！艾尔！"

建河大声呼唤着艾尔，自从他跟艾尔讲述了吉米先生希望在报纸上登广告的事情后，每当发现了新的新闻素材，他就会找艾尔商量。

"咱们在报纸上刊登一篇有关新站长的报道怎么样？就是那位巴尔的摩站的新站长。"

上次艾尔给他的报纸上报道过，有一位新站长上任了。

"好主意，你去车站见见他吧。"

当火车停靠在巴尔的摩车站时，建河打算去车站办公室拜访新站长。然而，还没等他敲响办公室的房门，就听见站长洪亮的声音从屋里传了出来。

"这位女士，请您不要再无理取闹了！"

"我无理取闹？你弄丢了我寄存的包裹，难道不应该道歉赔偿吗？"

4. 一次特别报道

　　站长正在和一个女人吵架,女人的声音听起来有些颤抖。

　　"这位女士!我从未保管过您的包裹,不,我连见都不曾见过!"

　　"天哪,你竟然说你没有见过!我上站台之前不是把包裹寄存在这里了吗?!"

　　办公室里的女人哭了起来,但站长的声音依然很坚决。

　　"请您出去吧,如果您再闹的话,我就叫保安过来了。"

　　站长将女人赶出办公室,"砰"的一声关上房门。那个女人瘫坐在木头长椅上,垂着脑袋,双手合十,仿佛在祈祷。

建河小心翼翼地走上前去，问道："阿姨，您怎么了？"

女人闻声抬起头，脸上挂满了泪珠。

以往建河总是大声呼唤艾尔，但这次他却压低了声音，生怕在报纸出版之前他的独家新闻被别人听到。他小声地把最新消息告诉了艾尔："我发现了可以写特别报道的素材，我们可以用它代替关于站长的那篇报道！"

为了听清建河在说什么，艾尔把手掌张开，紧紧贴在耳朵旁边。

"要是能把你说话的声音存起来就好了，这样我就能再听一遍了。"

建河心想："确实有那种东西，那不就是录音机嘛！看来现在还没有发明出来啊。"

建河嘿嘿一笑，自己知道这么多关于未来的事，艾尔却一无所知，他的心里难免有点得意。艾尔哪里知道建河的心思，他难为情地说："这话听起来有些离谱，但也不是没有可能，要是发明出那种东西，就能帮助到像我这样的人了。"

"像你这样的人？"

"我的听力不太好，别人小声说话的时候，我常常听不清楚。如果能把声音存在一个地方，无论是说话的人，还是听话的人，大家都能更方便一些。"

建河想起来了，怪不得艾尔说话的声音总是那么响亮。此

4. 一次特别报道

外，人们招呼艾尔的时候都是一边招手一边喊他。原来这都是因为艾尔的耳朵听不清。建河一字一句清楚地说道:"你这想法一点儿也不离谱。有人发明了，啊不，一定会有人发明出那种东西的。先不说这个了，咱们先聊聊报道的事吧。"

建河把自己在车站办公室的所见所闻告诉了艾尔，艾尔也感到非常吃惊。

"你确定这是真的？"

"当然了，我直接问了那位女士。艾尔，这种事情一定要登在报纸上！保护弱者也是记者应该做的事情。"

"好！那就把站长的报道换成这篇吧。"

两天后，《先驱周报》发行了，关于女士丢失包裹的报道作为头条新闻，位于报纸最靠前的位置。

艾尔一大早就从休伦港站开始售卖《先驱周报》，建河也一起帮忙。他们很快就收到了乘客的反馈。

"这次的报道真了不起。依我看，伊丽莎白的包裹很快就能找到了。"

"你们揭露了站长的真面目，铁路局的人也会感谢你们的。"

报纸卖得很快，就连之前不买报纸的人，也对报道非常好奇，纷纷购买了周报。还有三个人想要长期订阅，提前预订了一个月的报纸。一份《先驱周报》售价 3 美分，不过对于这些长期订购的老顾客，一个月只需要 8 美分。

奇妙的人文冒险　爱迪生的八卦小报

先驱周报 Weekly News

在巴尔的摩车站丢失的包裹

伊丽莎白的包裹去哪里了？

寄存在巴尔的摩车站办公室里的包裹失踪了。包裹里有现金和贵重物品，包裹的主人伊丽莎白曾向站长询问包裹丢失的原因，但站长却表示自己从未见过这个包裹，并用力把她推出门外。本报记者目击了这一过程。

伊丽莎白表示，有乘客要在站台上转交物品给她，因此，在火车进站时，她着急前往站台，把包裹寄存在了车站办公室。然而，当她返回办公室时，包裹却不见了。办公室里只有新上任的站长，他一副什么事也没有发生的样子。伊丽莎白说："他似乎以为我会因为太过匆忙，就忘记自己把包裹放在了哪里。"

包裹到底去哪里了呢，站长真的毫不知情吗？

"多亏了你的特别报道，500 份报纸一下子就卖完了，我得再加印一些了。"

艾尔急匆匆地向实验室跑去，留下建河一人独自在旅客车

4. 一次特别报道

厢。建河忽然想起了秘密卡片，内心一下子激动起来。

卡片上的墨迹并没有发生变化。

"咦？怎么会这样？我明明帮到了艾尔呀，这是怎么回事？"

建河感到很不解也很难过，他像泄了气的皮球一样一动不动呆坐在座位上。

没一会儿，火车就到达了巴尔的摩站。

由于火车需要加挂货物车厢，不得不在车站停留很久。建河走到站台上，看工人们将货物车厢与火车连接起来。

"或许，你就是艾尔的朋友吗？"

有个身穿制服的人朝建河走了过来，这人正是巴尔的摩站的新站长。

"我想找艾尔聊聊关于新闻报道的事情，你知道他在哪儿吗？"

站长所说的报道一定是关于伊丽莎白的那篇，建河虽然害怕被站长斥责，但他认为自己并没有做错，因此，他决定勇敢地面对站长。

"您说的是伊丽莎白的事情吧？那篇报道是我写的，我是记者吴建河。"

"这么说，我只需要和你谈就行了。这里人多，跟我去办公室聊一聊好吗？"

"没问题。"

奇妙的人文冒险　爱迪生的八卦小报

二人一进办公室,站长就从办公桌上拿起了一份《先驱周报》。

"这是一位乘客给我的,他还告诫我,让我当一名正直的站长。为什么你会认为你报道的内容是真实的呢?"

"因为这是伊丽莎白亲自告诉我的。"

站长又拿起另一张纸,说道:"这是铁路局发给各车站的电报,你看看。"

"伊丽莎白的作案手法:趁站长忙碌时,声称自己丢失贵重物品并大声哭闹。请留意!"

4. 一次特别报道

　　站长又拿来另一份报纸，报纸上印有伊丽莎白的照片，报道的内容与铁路局发送的电报基本一致。

　　"这个人在铁路系统很有名，好几位站长都被她骗过。年轻女子哭着说自己冤枉，其他乘客肯定会围观的。有些站长受不了

别人的误解，尽管从未见过她的包裹，也只好赔钱了事。但我们以后不会再让她得逞了。"

听了站长的话，建河感到太震惊了，一句话也说不出来。

"在人们心目中，报纸上的报道就是真实的。因为你的这篇报道，我成了偷窃别人包裹的站长。如果你在编写报道之前，也来找我问问就好了，那样你一定能写出一篇客观公正的报道。唉，太可惜了。"

"站长先生，真的很抱歉！"

建河深深地鞠了一躬，真诚地向站长道歉。

站长说，只要建河能够纠正错误的报道，他就不再追究了。

建河回到站台，只见艾尔气喘吁吁地跑了过来，询问他发生了什么事。

建河把伊丽莎白的真实身份如实告诉了艾尔，并承认了自己的错误。

"我总算明白了，如果新闻报道出现错误，就会让人蒙受不白之冤。艾尔，对不起，以后我会更加小心的！"

"打起精神来！我们以后要调查清楚再报道。失败是成功之母！这句话是我刚想到的。"艾尔揽着建河的肩膀安慰他。

"吴建河记者！"站长从身后追上来，他叫住了建河，手中挥舞着建河的卡片。

原来在建河鞠躬道歉时，秘密卡片从口袋中掉了出来。

4. 一次特别报道

建河心想，也许卡片上的墨迹已经消失不见了。但他下定决心，无论如何自己也不会放弃。

然而，卡片上的黑色墨迹不仅没有消失，反而比之前又增加了些笔迹。

5. 打听传闻的比尔

下午时分,火车从底特律站出发了。艾尔好久没做实验了,于是自己去了实验室,留下建河一人直愣愣地盯着手中的卡片。

"我明明犯了错误,墨迹却变多了。这是为什么呢?到底在什么情况下,卡片上才会出现字迹呢?"

不愧是秘密卡片,字迹显现的原因也是如此神秘莫测。建河的思绪像一团乱麻。

"着火了!着火了!货物车厢着火了!"

正当建河百思不得其解时,火车尾部的车厢里传来了焦急的呼喊声。建河从座位上一跃而起,朝着货物车厢飞奔而去。货物车厢里有艾尔的实验室和报社,而且,艾尔此刻就在货物车厢。

"艾尔!艾尔!"

"孩子,别过去!"

建河顺着车厢走廊冲了过去,却被别人一把抱住了腰部。

5. 打听传闻的比尔

他挣扎了许久,怎么也动弹不得,只能不停地大声呼唤着艾尔。过了一会儿,又有另一个声音喊道:"各位乘客,请不要担心!史蒂文森车长已经将火扑灭了。"

"听说火被扑灭了!"

这个消息从火车尾部车厢传到了前面的车厢,建河也得以从大人的怀里挣脱出来,向火车尾部的货物车厢跑去。此时,火车正驶入芒特克莱门斯站。

"哗啦啦!哐当!"

站台上传来了几声巨响——试剂瓶和印刷机都被摔碎了,站台上一片狼藉。紧接着,史蒂文森车长把艾尔从车上揪了

奇妙的人文冒险　爱迪生的八卦小报

下来。

"就因为你一个人，险些让这么多乘客陷入危险！我千叮咛万嘱咐，让你小心点，你倒好，竟然引发了火灾！以后不许再上我的车！"

马肯斯站长跑过来，把火冒三丈的车长请回了火车上。建河拨开围观的人群，向艾尔走去。

"艾尔，这是怎么回事？"

"火车转弯的时候，搁板上的试剂瓶掉到地上摔碎了。以前不是跟你说过嘛，有的试剂瓶里装着易燃的危险药剂。怎么这么倒霉，偏偏就是这几个瓶子摔碎了。"

艾尔转头看了看印刷机，本就有气无力的声音变得更小了："唉，彻底摔坏了。"

建河还是第一次见到艾尔如此消沉。

艾尔垂头丧气地蹲在摔碎的印刷机前，马肯斯站长把他扶了起来，对他说："这里我来收拾就行，你快上火车吧。我已经跟史蒂文森车长解释清楚了，你不必担心。"

"妈妈担心我在家里引发火灾，特意跟我说：'搬家的时候千万不要转弯！'"

艾尔一边说笑，一边把实验室里的东西搬回家。艾尔的朋友比尔前来帮忙，听了艾尔的笑话，他笑得前仰后合。比尔在村子里的食品店打工，他特意请了一天假，来帮艾尔搬东西。

5. 打听传闻的比尔

听说好朋友艾尔丢了工作，比尔很担心他。

"艾尔，今后你该怎么挣钱呢？既要补贴家用，又要购买实验室的试剂。"

"我以后还可以在火车上卖东西，史蒂文森车长说了，只要我不做实验，就能继续在车上工作。"

"那还办报纸吗？听说印刷机都摔坏了？"

"当然要继续办了！我找到一个可以借用印刷机的地方。这次我打算办一份更有意思的报纸，不仅卖给乘客，还要卖给村子里的人。"

"什么叫'有意思的报纸'呢？"

"就是传播八卦消息的报纸！这几年我在车上工作，发现人们对别人的事情特别感兴趣，尤其是喜欢听别人犯错的故事。要是能办一份传播八卦、糗事的报纸，肯定能卖得特别好！"

"哇，好主意！"比尔高兴地表示赞同。

"报纸名字我也想好了，就叫'保罗·弗雷'！"

"保罗·弗雷？就是戏剧里那个搞笑的角色？"

"嗯，就是那个在村子里走来走去，到处打听小道消息，多管闲事的人。是不是很适合我们的报纸？"

"适合，适合！"

"不过，建河不熟悉村里的人，你愿意抽空写报道吗？我得在火车上卖东西，没工夫在村子里转来转去。"

"放心吧！来我们食品店的人最喜欢议论别人了，仅仅把他们说的事情打听清楚，都足够出一百份报纸了。"比尔说道。

艾尔和比尔兴奋地击掌庆贺，但建河却不愿意办那种报纸。在经历了伊丽莎白的事情之后，建河意识到，写报道应该小心谨慎，把事情调查清楚。然而，艾尔与比尔此时正在兴头上，建河就没再多说什么。

此后，比尔在村子里四处奔走，努力打听各种传闻，简直就是现实中的保罗·弗雷。建河却兴致不高，每天无所事事地在村里闲逛。几天后，比尔递给建河一张纸，上面密密麻麻写满了字。

"这是我写的报道，你看看，要是有不对的地方，就帮我修改一下。这都是我在下班之后匆忙写的，也不知道写得怎么样。"

5. 打听传闻的比尔

看了比尔写的"报道",建河皱紧了眉头,只看题目都觉得心里不舒服,他心想:"要是杰森或者菲利普看到这份报纸,他们会很伤心的。"

于是,建河鼓起勇气,对比尔说道:"我不赞同这种根据传闻写报道的方法,报纸上应该刊登对人们有帮助的消息。在背后说别人的闲话,这种报道一点儿用处也没有。"

"怎么没有用了?这很有意思啊!只要人们读了报纸觉得有意思,不就是对他们有帮助嘛!"

"就算其他人觉得有意思,但这种报道可能会伤害到杰森和菲利普他们啊。"

"唉,建河,真不知道你在说什么!我只知道一件事,那就是现在艾尔需要挣钱。所以,你千万别跟艾尔说这些话!"

比尔紧紧抿着嘴,一言不发地回去了。建河也很郁闷,奈何自己说不过比尔,只好默默修改了报道中出现的语句错误。

艾尔印制的《保罗·弗雷》比《先驱周报》还多,因为他打算在火车上和比尔工作的食品店里同时售卖《保罗·弗雷》。艾尔的预想果然没错,乘客们纷纷买这份报纸。即使在报纸出版几天之后,人们还在争相阅读《保罗·弗雷》。大家一边看报纸,一边咯咯笑个不停。读过报纸的人还聚在一起,兴高采烈地议论别人。

奇妙的人文冒险　爱迪生的八卦小报

> 梅拉尼为什么与阿什莉结婚？
>
> 斯嘉丽·奥哈拉一共有礼服几件几件礼服？
>
> 某特为什么离开斯卡某的原因。
>
> 斯嘉丽与梅拉尼婚恋故事。
>
> 黑胡子杰森：横贯大陆修建铁路，是疯子才做。
>
> 红头发菲利普挥霍无度，坐吃山空。

"杰森以前在火车上和别人打过一架，所以才说自己不喜欢火车吧？"

"其实，那次本来就是杰森有错在先。"

"依我看，就算菲利普把钱全部花光，他恐怕也难以振作起来。只是可怜了他的家人。"

"我还听说，菲利普的妻子带着孩子们逃跑了，是真的吗？"

人们继续讨论着黑胡子杰森和红头发菲利普的其他传闻。流言蜚语如同蒸汽火车的烟雾一样层出不穷，传得众人皆知。

此时，建河似乎明白了同学们在班级主页上留言的心态。

5. 打听传闻的比尔

奇妙的人文冒险　　爱迪生的八卦小报

既然匿名留言板上出现了告发信，那么正好借这个机会，你一言我一语，大家随便议论。尽管建河没有亲自读到那些评论，但听了民赫的描述，他也能猜个大概。民赫说，还有人在评论区争吵、说脏话。建河心想："也许，只要有不负责任、无事生非的文章，就会出现更多不负责任的留言评论。"

建河重重叹了一口气，事情一件接着一件，越来越复杂了，他开始担心自己还能不能回家。他从口袋里掏出秘密卡片，吃惊得瞪大了眼睛——墨迹竟然又变多了一点。虽然现在还看不出是什么字，但黑色墨迹比之前更多了。

"这些新的墨迹是什么时候出现的呀？"

建河仔细回想了一下墨水显现的时机。

第一次是因为他建议吉米在报纸上做广告，第二次是因为自己误把骗子当作受害者，写下不实的报道之后，跟站长道歉。还有就是现在——因为《保罗·弗雷》而叹气的时候！

叔叔说，只要真心帮助艾尔，字迹就会一点儿一点儿地显现出来。但是，建河每时每刻都在真心地帮助艾尔，字迹却没有随时显现。

"叔叔还说了什么来着？让我接近真相？这话听起来好像一个谜题。"

建河相信，谜题可以找到答案。他又回想了一遍与字迹有关的事物：报纸、帮助艾尔、真心、真相、广告、不实的报道、

5. 打听传闻的比尔

对《保罗·弗雷》的批评……

直到火车抵达休伦港站时，建河还在冥思苦想。艾尔让建河照看一下没卖完的东西，自己去了仓库。建河坐在车站候车室里等待艾尔，他不停摆弄着手中的卡片。

"批评会让墨迹显现吗？不，建议吉米做广告的时候，我并没有批评什么啊。相反，我还意识到报纸的便利，利用报纸可以向很多人传达消息。关于伊丽莎白的报道也不是批评，而是我的失误。那件事让我明白，要是写了错误的报道，就会有人受到伤害……"

"啊！原来如此！"

建河恍然大悟，仿佛脑袋里的电灯"啪嗒"一下亮了起来，他终于找到了谜题的答案。

"原来，每当我明白了某个道理，明白了报纸是什么，不，明白了报纸应该发挥怎样的作用时，字迹就会显现出来！所以叔叔才说需要我去接近真相啊！所谓真相，就是理解报纸的作用。"

建河盯着卡片，眼看着墨迹渐渐显现出来。虽然字迹还不完整，但他已经认出了卡片上的内容。

看到自己名字的那一刻，建河反而如释重负，随后他明白过来——这间秘密教室是叔叔创造出的魔法，目的就是让建河明白，之所以会出现指向 wjh 的评论，说到底是他自己一手造成的。

"原来是你！穿牛仔裤的小孩儿！"一位红发大叔猛然推门闯了进来，他看起来非常生气，质问建河："爱迪生在哪儿？"

"爱迪生？你说的是发明大王爱迪生吗？"

"发明大王？哼！我看他是八卦大王！"

"我不知道，我只知道发明大王爱迪生。"

"还说不知道？你俩天天形影不离，还说不知道爱迪生在哪儿，你小子少骗我！"

红发大叔高声叫嚷着，一把抓住了建河的双臂。车站外的人也跑到候车室里，一边看热闹，一边议论纷纷。

艾尔也急匆匆地跑了过来，对大叔说道："听说您找我？我是托马斯·阿尔瓦·爱迪生。请您放开我的朋友，有什么话跟我说吧。"

建河十分震惊——艾尔竟然是爱迪生！仔细回想一下，这段时间的相处其实出现了很多次暗示：艾尔只上了 3 个月的学就被学校赶了出来，他的耳朵听不清，位于货物车厢内的实验室起了火。建河曾在关于爱迪生的书中读到过这些内容，但他从不知道，爱迪生还在火车上卖过报纸，甚至还自己出版过报纸。因此，建河从未想到，艾尔竟然是爱迪生！

"爱迪生，总算找到你小子了！你怎么能在报纸上随便写别

5. 打听传闻的比尔

人的事情？"

红发大叔抓住了艾尔的背心。原来他就是菲利普，《保罗·弗雷》中提到的红头发菲利普。

"都怪你的报纸！现在我们一家人都出不了门！我已经下定决心要好好生活了，你为什么非要翻出过去的事情来折磨我？"

菲利普揪住艾尔的衣领，使劲摇晃了几次。说到最后，菲利普的声音里带着哭腔。他悔恨地大喊一声，用力把艾尔甩了出去。艾尔重重跌倒在地上。

"下次你要是还敢胡乱写别人的事情，我就把你扔进河里！小心点儿！"

菲利普头也不回地走了。建河赶紧上前，把艾尔扶了起来，站在周围看热闹的人们你一言我一语地对艾尔说道：

"艾尔，我看了这次的报纸，心里也觉得不太舒服。"

"艾尔，这不是你一个人的错，也要怪那些喜欢听八卦的人。"

"艾尔，我们关心的是对生活有帮助的消息，而不是别人的小道消息。"

艾尔一动不动地站在那里，静静地听着人们对他的劝告。等周围的人都散尽了，建河才小心翼翼地问道："艾尔，要不咱们别办《保罗·弗雷》了吧？"艾尔沉默了。

"面向大众的文章一定要负责，不能乱写。其实，我也曾写过不实的文章，后来出现了很多荒唐的回复，啊不，荒唐的传闻，这让我深受其害。"

"要不，咱们以后干脆别办报纸了吧？借用打印机也很不方便。"艾尔小声说。

"我同意！你要是用办报纸的时间去做实验，说不定会有好结果呢，托马斯·阿尔瓦·爱迪生！"

"要想继续做实验的话，咱们得赶紧回家了。已经很晚了，

5. 打听传闻的比尔

妈妈会担心的。"说着,艾尔急忙从座位上站了起来。

"艾尔,我……"建河吞吞吐吐,不知该怎么说才好。既然卡片上的名字已经完全显现,那么叔叔应该很快就会出现了。相比热热闹闹的艾尔家,此时的火车站已经结束运营,没有什么人了,在这里与叔叔相见更为合适。

"你该回去了吗?"艾尔开口问道。

建河什么也没有说,算是默认了。

"真遗憾啊,以后我们恐怕再也见不到了吧?要是能把你的模样也存放在一个地方就好了,每当我想你的时候,就能看见你笑着说话的样子。"艾尔若有所失地说。

建河心想:"以后会有这种东西的,或许正因为你的功劳,这种东西才能被发明出来呢。"

6. 真相大白

"叔叔，您快点出现啊，不是说只要名字显现出来，您就过来找我吗？"

建河一边自言自语，一边在休伦港站附近转来转去。

没过多久，汽车发动机的声音从远处传来，电视台的面包车扬起一阵尘土，停在了建河面前。

按照交通规则，小孩不能坐在副驾驶，叔叔笑眯眯地看着建河说："这是一次特别的旅程，你可以破例坐上来。"

"哎呀，您盯着我看什么呀？我都不好意思了。"建河嘟嘟囔囔地上了车。

"好久不见，这不是看见你太高兴了嘛！"

"哼，您从一开始就知道吧？"

"知道什么？"

"告发信，那个其实是我写的。那是因为……"

建河解释了自己在匿名留言板上发布那条留言的缘由。

6. 真相大白

周五下午，建河坐在久违的电脑前，他很少有机会使用电脑，因为这台电脑是爸爸的。爸爸是自由设计师，在家里用电脑工作。然而周五那天，爸爸出门给出差在外的妈妈寄东西，因此，建河有很长一段时间可以自由使用电脑。

"其实，有时候我很想做告发信上写的那些出格的事情，也许等我惹上了麻烦，忙碌的妈妈才会关注我。这种想法很幼稚吧？"

因此建河写下了那封告发信，随后就将其抛之于脑后，直到民赫给他打来电话。当民赫问他上次看班级主页是什么时候时，他差点说漏了嘴。

奇妙的人文冒险　爱迪生的八卦小报

"主页?周五吧,啊不对,周四!周五我就没看过。"

听到民赫说,班级主页已经闹翻了天,建河一下子就猜到,这一定是因为告发信。然而接下来民赫说的话让他大吃一惊。

"有什么好笑的?匿名留言板上都吵翻天了,说你吴建河是班内败类呢。"

建河刚开始还以为,大家发现是他写的告发信。

"败类?怎么会……"

他差点就要问出"怎么会知道?",直到民赫把事情的全部过程告诉他,建河才明白,原来是因为有人在告发信后面写下了wjh的评论,之后大家才把矛头指向了他。

6. 真相大白

"到底是谁写了这个莫名其妙的评论呢？"建河既生气又头疼。一想到同学们会嘲笑他是败类，建河只想逃到一个没人的地方。正在这个时候，建河遇到了叔叔，还差点被他发现事情的真相。

"原来是这样啊，那你也太冤枉了。告发信什么的，一开始就不该发布，是不是？"当时叔叔这样说的时候，建河还庆幸他的恶作剧没有被发现。

如今建河回想起来，叔叔从一开始就知道是他写了那些文字。看来叔叔名片上的头衔并非虚名——"无所不知、无所不能的冒险向导"。

"叔叔，'wjh'那条评论是您写的吗？"

"这你就别打听了，知道太多秘密会很危险的。"

"您明明什么都知道，却不告诉我。"建河一边小声抱怨，一边系上了安全带。

汽车沿着黑漆漆的河边行驶，路上一个人也没有。建河心想，要是让这里的人看见了汽车，恐怕要吓晕过去。

然而汽车开了很长时间也没有见到来时的那片树林，只有河水在静静地流淌。

"叔叔您该不会是要开进河里吧？千万不要啊！我可不会游泳！"

"不会游泳怕什么？再说了，你要是掉进水里，我能不管你吗?真是杞人忧天。在车里很安全的,我不是说了嘛!这是趟特别的旅程,你担心的事都不会发生了。"

接着,叔叔大吼一声,开着汽车向河水冲了过去!

汽车冲向河面时,本应发出扑通一声巨响,溅起喷泉一样的水花。然而,这一切都没有发生。

河水依然静静地流淌着，仿佛只是一滴水珠汇入了河流。汽车也没有受到丝毫冲击，如同一张轻轻飘落的纸片。

建河慢慢地睁开了双眼，注视着窗外。

他可不想错过神秘的隧道，这次的隧道会是怎样的呢？

"啊！原来不是隧道。"

奇妙的人文冒险　爱迪生的八卦小报

汽车平缓地行驶在水面上，四周青山环绕，秀美的山色倒映在河面上。

"这里就是传说中神仙们居住的世外桃源吧。"建河激动地说。

汽车既没有沉入水中，也没有在水面上留下任何痕迹，而是在水面上飞驰着。

不一会儿，山中传来一阵鸟鸣，汽车也开到了路面上。

又走了好一会儿，汽车前方出现了一条羊肠小道。这正是他们来时所走的那条路。

叔叔把建河送回了家。

叔叔伸出手："可以把卡片还给我吗？"

建河从口袋中掏出卡片，递给叔叔。不知道什么时候，卡片上黑色的墨迹已经消失得一干二净。

"您这就要走了吗？"

"是啊，我还有很多事要做。"

"那我现在该怎么做呢？卡片上说，写下 wjh 那条评论的人就是我自己……所以，我必须得承认是我写了那封告发信吗？"

"这得你自己决定了。"

"哼，算我白问了。"建河小声抱怨了一句，但他也觉得叔叔说得没错。解铃还须系铃人，这件事还得他自己去解决。

一回到家，建河就用手机登录了班级主页，在匿名留言板

6. 真相大白

上实名发布了新的文章，题为《是我写了告发信》。还没过十分钟，建河的电话铃声就响个不停。民赫焦急的声音从手机里传了出来："喂，你疯了吗？你写那种东西干什么？"

"什么？"建河装作若无其事的样子。

"你承认是你写了告发信，所以你承认那些事就是你做的，说到底，你就是败类嘛！"

"哎，不是那个意思啊！我是说，告发信的内容，都是我编出来的。"

建河无奈地反驳道，但民赫却根本听不进去。

"wjh那个留言也是你写的吗？你可真是诚实啊，不，你这不是诚实，是愚蠢啊！你知道同学们都是怎么评论的吗？'果然吴建河就是败类。''抢钱的事儿也是真的？''无语了。'"

听着民赫读出一条条评论，建河紧闭双眼，把手机从耳边拿开，举得远远的。

"哇，厉害了！你听这条评论！'佩服吴建河的勇气！'"民赫兴奋地说道。

建河立刻把手机紧紧贴在耳朵上。

"'他诚实地承认了自己的所作所为，仅凭这一点，他就是好样的！我的朋友绝对不是败类！'这条评论是我现在写的。哎，又有新评论了，啊，这又是什么？'你就是败类的朋友姜民赫吧！'唉，这是谁写的啊？"

奇妙的人文冒险 爱迪生的八卦小报

民赫在电话那头尖叫起来。此时，建河终于如释重负，禁不住扑哧一声笑了出来。建河对民赫说道："喂，败类的朋友！电话里先说到这儿，挂了吧！"

向导叔叔的
人文课程

- 伟大历史人物的小传
- 媒介发展小史
- 人们应该如何使用媒介
- 培养思维能力的人文科学

奇妙的人文冒险　爱迪生的八卦小报

伟大历史人物的小传

发明大王爱迪生办过报纸？

是的，没错。爱迪生年少时曾在火车上办过报纸。

爱迪生仅仅上了3个月的学就退学了。爱迪生具有强烈的好奇心，经常会提出一些莫名其妙的问题，这让老师非常生气，还责骂爱迪生是傻瓜。但爱迪生的母亲南希却不这样认为，她说："艾尔绝对不是傻瓜，从今以后我自己来教他学习！"此后，母亲就不再送爱迪生去学校读书了。对了，艾尔是家人对爱迪生的昵称。

爱迪生从12岁开始打工挣钱。那时，爱迪生一家居住在休伦港，恰好有火车往返于休伦港与大城市底特律之间。于是，爱迪生就在火车上转来转去，向乘客售卖报纸、糖

托马斯·阿尔瓦·爱迪生

果、零食等物品。从那时起，爱迪生就展现出了做生意的天赋。在美国南北战争爆发时，他拜托火车站站长，让他把电报传来的战争短讯写到黑板上。人们看到黑板上的短讯后对新闻非常好奇，纷纷抢购报纸。就这样，他利用电报卖出了更多的报纸。

爱迪生不仅卖报纸，还自己出版报纸。15岁那年，爱迪生在火车货物车厢里添置了一台二手印刷机，开始自己办报纸，这份报纸正是《先驱周报》（The Weekly Herald），还有资料将其称为《大干线先驱报》（Grand Trunk Herald）。爱迪生在报纸上刊登了各种消息，例如，火车站里发生的事情、列车时间表、有关车站工作人员的消息、底特律市场的物价等。可以说，这些新闻报道是为列车乘客量身定制的。正因如此，尽管这份报纸只有手绢大小，却受到乘客们的广泛欢迎。

然而好景不长，《先驱周报》只发行了短短几个月就停刊了。由于火车上发生了火灾，印刷机在火灾中损毁了。不久之后爱迪生又和朋友一起办了一份新报纸《保罗·弗雷》，这份报纸上刊登了其他人的传闻或私人故事。

没过多久，有一名男子找到爱迪生，指责爱迪生把自己的事情胡编乱造。勃然大怒的男子将爱迪生丢进了附近的河里。经历了这件事之后，爱迪生决定不再出版这种传播他人八卦消息的报纸。也是从那年起，爱迪生开始跟着芒特克莱门斯站的站长马肯斯学习电报技术。几年后，爱迪生进入美国最大的电报公司

奇妙的人文冒险　　爱迪生的八卦小报

位于休伦港的爱迪生铜像

工作。他一边从事电报技术工作，一边坚持研究与实验。最终他决心辞职，走上了发明家的道路。爱迪生的第一个发明是电子计票器，随后他又陆续发明出了电报机、留声机、发电机等，被誉为"发明大王"。

不过，也有很多人对爱迪生提出批评，认为他总是把别人的发明稍作修改，而后申请成自己的专利。我们都以为是爱迪生发明了灯泡，但灯泡并非是由爱迪生首创的。1879年爱迪生推出的碳化棉丝白炽灯泡，是在诸多前人发明的灯泡的基础上进行技术改进的成果。

爱迪生发明的媒介

尽管受到各种各样的批评，但爱迪生的确是一位出色的发明家。他创造了好几种声音媒介，其中最具代表性的是1877年

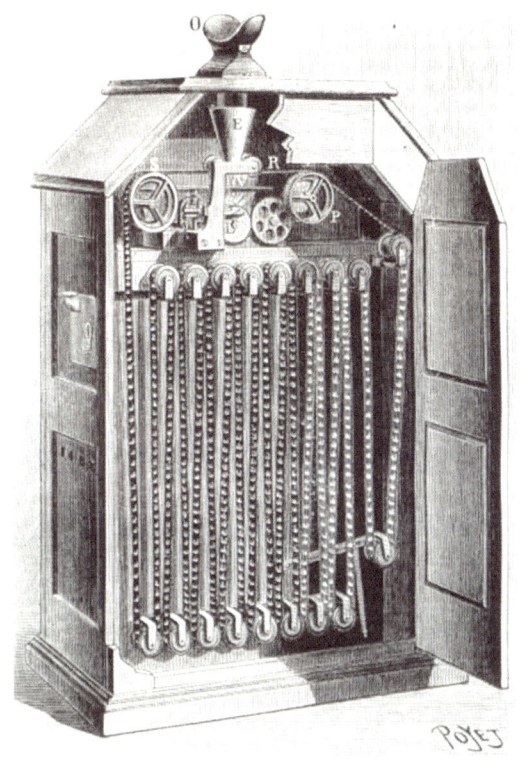

活动电影放映机 　　　　　　　　　　　　　活动电影机

发明的留声机。

　　他将留声机命名为 phonograph，这是一种"储存声音的机器"，用大喇叭形状的管子收集声音，并将其重新播放。爱迪生发明留声机是为了听清别人说话的声音，但其他人主要用留声机听音乐。因此，留声机的出现极大地促进了大众音乐的发展。

　　此外，爱迪生还和助手威廉·迪克森共同发明了活动电影

奇妙的人文冒险　爱迪生的八卦小报

放映机，这种机器能够观看移动的影像。顾客投币之后从箱子顶部的孔洞向内窥视，就能看到拳击比赛或是马戏表演照片快速播放的影像。如今，许多人可以一起观赏电影，而爱迪生发明的老式电影放映机每次只能一个人观看。

这台机器给法国的卢米埃尔兄弟带来了灵感，他们研究了电影放映机的原理，发明出兼具拍摄与放映功能的电影摄影机。卢米埃尔兄弟用这台机器拍摄了火车到站的场景，并将其在巴黎放映。这是人类历史上第一部收费上映的电影。

媒介发展小史

随着科技的进步，媒介已经与我们的生活密不可分了。究竟什么是媒介呢？我来为大家举几个例子：早上起床之后，如果想知道今天的天气，我们可以用手机查看网络上的天气预报；堵车严重时，我们可以打开收音机收听交通信息播报；如果想了解自己喜欢的明星最近有什么动态，我们可以在网络上搜索查询。此外，我们还可以用电视机收看节目或和朋友们在社交媒体上聊天，互相发送文字、语音、照片或视频。

当我们想获取新的信息或者想与他人交流时，会用到各种各样的工具，这些都是媒介。媒介包括书、电话、杂志、报纸、电影、网络等。看完上面的例子，相信你也能切实体会到，我们的生活中的确处处都有媒介。

媒介深刻地影响着我们的生活。让我们一起来了解一下，媒介在历史上是如何发展的，它又给世界带来了哪些变化呢？

奇妙的人文冒险　爱迪生的八卦小报

人类历史上最早的媒介是什么？

很多学者认为，人类历史上最早的媒介是语言。据推测，最初的语言应该是祖先在发现猛兽或者生气发怒时发出的声音。在发出声音的同时，还要配合动作手势，才能更好地传达意思。语言从最初的叫喊声发展成为一两个简单的单词，随着祖先们使用的单词越来越多，语言也逐渐丰富起来，这对人类的生存发展有很大帮助。

"上次我去那座山上看了看，那里有不少猎物。""往这边走能摘到很多好吃的果子。""打猎的时候不要单独行动，我们一起去怎么样？"由此可见，祖先们通过语言进行交流，不仅能获得有用的信息，还能开展集体狩猎。

克罗马农人是旧石器时代晚期智人的通称，他们能够使用语言，并以此交流想法，传递知识。语言交流让克罗马农人变得越来越聪明，他们懂得用针缝制衣服和鞋子，还会齐心协力，共同狩猎。因此，他们得以在环境极其恶劣的冰河时期生存下来。克罗马农人还在法国的洞穴

拉斯科岩洞壁画局部

中留下了壁画——拉斯科岩洞壁画。它作为人类历史上最早的艺术作品，也是历史最为悠久的媒介之一。

推动人类文明发展的媒介——文字

话语从嘴里说出来的那一刻就消散了，因此，身处远方的人很难听到同伴说话的声音。然而，随着文字的发明与使用，人们的话语和思想不仅能够传到更远的地方，还能够存留更长的时间。

大约在公元前3000年，生活在美索不达米亚地区的苏美尔人首先使用了楔形文字。楔形文字是他们在黏土板上写下的楔状，笔画颇像钉头或箭头的文字。此外，古埃及人发明了象形文字，并在石头与木头上留下了记录。古埃及的象形文字可以表达两种以上的意思。例如，一只鸭子的图案代表鸭子，但如果鸭子旁边还画了一个太阳，则代表法老（古埃及的王）的儿子。

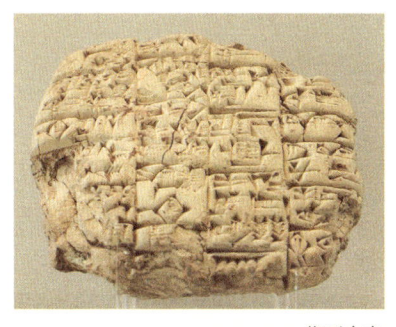

楔形文字

鸭子图案（古埃及文字）

在中国商朝时期，人们在坚硬

的龟壳、牛的肩胛骨上写字，其主要用途是占卜。这种古老的文字叫甲骨文，可以说是最早的汉字了。

文字被誉为人类最伟大的发明之一，因为文字极大地促进了文明的发展。人们用文字记录知识和信息，后代子孙就能以此为基础，在科学、文化等各个社会领域做出进一步的发展。

甲骨文

中世纪社会的媒介革命——印刷术

文字发明之后，人们在石头、草纸、羊皮纸、竹简（将竹子切成薄片制作而成）、纸张等材料上面书写文字，制作书籍。在没有印刷术的时候，人们如果想制作一本书，就要一字一句地抄写。在抄写过程中往往会出现错别字或是遗漏一些内容，而且要花费很长时间才能做成一本书。这些成本让书籍的价格非常昂贵，甚至和土地的价格相当。

随着印刷术的发明，人们可以一次性大量印制同一本书。读书不再是有钱人的特权，平民百姓也有了阅读书籍的机会。很多平民通过书籍获得了知识，开始在社会上发出自己的声音。

宗教改革是中世纪最重大的事件之一，而印刷术在其中发挥了重要的作用。德意志神学家马丁·路德写了一篇抨击教皇出售赎罪券的文章《九十五条论纲》，揭开了宗教改革的序幕。正因为有印刷术，这篇文章被大量印刷，传遍了包括德意志在内的整个欧洲地区。很多人读过马丁·路德写的文章后，与他一起否定教皇权威，赞同他所主张的宗教改革。

如果没有印刷术，马丁·路德的主张就不能如此大范围地快速传播，也就无法得到人们的广泛关注。印刷术的发明让知识与信息广为传播，也让民众的声音变得更有力量。

大众传媒的开端——报纸

随着印刷术的不断发展，一些从事印刷行业的人从中发现了机遇，他们收集有关政治、教会的新闻，并出版报纸。由于人们总是对新消息充满好奇，很多人都开始花钱购买报纸。

在17世纪初，德国最早出现了每周发行一次的周刊报纸。在17世纪60年代，德国又出现了第一份日报《莱比锡新闻》。此后，英国等地区也陆续出现了日报。

随着工业革命的爆发与交通、通信领域的不断发展，报纸业也取得了突飞猛进的发展。报社利用先进的通信方式，迅速获取其他地区的消息，并把这些信息刊登在报纸上。得益于便捷快速的交通网络，这些报纸被运往全国各地，大众媒体就这样诞生了，它能够一次性把信息传达给成千上万的人。

如今，随着各种媒介的兴起，纸质报纸的影响力已不复从前。越来越多的人不再阅读纸质报纸，转而通过网络了解新闻。然而，报纸依然是一种重要的舆论力量，在传播真相、推动社会进步的过程中发挥着重要的作用。

推动大众文化发展的媒介——广播

电报发明于19世纪30年代，是世界上最早用电的方式传送信息的工具。这种通信方式将文字、数字转化为电子信号，并通过电波或电流收发信息。只要你掌握了莫尔斯发明的莫尔斯电码，再有一台电报机，就能把消息迅速传递到很远的地方。

掌握信号传递的技术之后，人们开始研究如何把声音传递到远方。广播技术诞生之后，美国的KDKA广播电台于1920年11月开播，它被公认为世界上第一个真正的无线广播电台。开播当日恰逢美国新一任总统的选举结果即将公布，该广播电台就在选举结束后进行了开票广播，还在正式节目的间隙用留声机播放了音乐。

"沃伦·哈定当选！美国第29任总统是哈定！"

人们对收音机中传来的快讯感到十分惊讶。如果没有广播，人们要等到第二天报纸出版后，才能得知新一任总统花落谁家。

在全球经济出现困难时，收音机格外受人欢迎。1929年美国发生了大萧条，这场经济危机从美国开始，后来波及整个资本主义世界。企业与银行纷纷倒闭，很多人失去了工作岗位。

由于收音机不需要额外的花费，喜欢电影和戏剧的人们通过收音机找到了乐趣。广播逐渐成为向大众传递消息、传播快乐的媒体，在广播中播放的音乐、广播剧等大众文化也迎来了蓬勃的发展。

大萧条时期收听广播的女孩

将全世界变成地球村的媒介——电视

在20世纪30年代中期，电视节目开始在德国、英国等地区广泛流行起来。然而，不久后第二次世界大战爆发，电视的普及之路也被迫中断。战争结束后，在20世纪50年代出现了彩色电视机，电视又一次吸引了人们的关注。

1953年，英国举行了伊丽莎白女王的加冕仪式，并由英国广播公司BBC向全世界进行转播。人们无不震惊于电视机的魔力——通过家里的电视机，就能清清楚楚看到遥远的外国发生

奇妙的人文冒险　爱迪生的八卦小报

世界上最早批量生产的电视机 RCA Model 630-TS

了什么事。在那一刻人们忽然觉得，全世界就像邻村一样近在咫尺。

　　广播只能用耳朵听，但电视却可以同时用眼睛观看，是一种视听媒体。电视机用多姿多彩、栩栩如生的影像深深地吸引着人们，而电视中播放的电视剧、音乐等娱乐节目也进一步促进了大众文化的繁荣。然而，也有人批评称，电视机把事物真实地展现出来，却剥夺了人们展开想象抑或深入思考的机会。因此，电视机也被称为"傻瓜箱子"。

让每个人变成主角——社交媒体

20世纪90年代，互联网时代拉开了序幕，媒介环境也随之发生了巨大的变化。一直以来传播大众文化的报纸、杂志、广播、电视都变成了传统媒介，与之相反，网络、手机、数字电视等新兴的媒介，也就是新媒体，登上了时代的舞台。

在新媒体时代，每个人都可以自己做直播或发布新闻。大家不用线下见面，也可以互相聊天，还能把消息迅速传递到任何地方。

此外，人们还以网络为基础，不断创造出新的空间。人们在网络上上传自己的故事与照片，创建论坛与熟人互动，发布自己拍摄的视频，还通过社交媒体与陌生人交朋友。这种帮助人们拓展人际关系的网络媒体被称为社交媒体。随着智能手机的大范围普及，人们随时随地都能使用网络，社交媒体也逐渐发展起来。

在社交媒体上，任何人都可以成为主角，既能宣传自己的形象，开通个人直播，还能立刻把身边发生的事情写成新闻发布到网络上。这让每个人都

奇妙的人文冒险　爱迪生的八卦小报

有了传播、接收信息的能力。然而，社交媒体也让人们的私人生活全部暴露在陌生人面前，伪科学、假新闻等不实信息如洪水般泛滥成灾。此外，还有人过度沉迷社交媒体。这些都是社交媒体的负面影响。

人们应该如何使用媒介

丢勒的控诉

"雷蒙迪抄袭我的版画作品,请务必阻止这种行为。"

1506年,德国画家丢勒向意大利的法院提起诉讼,状告意大利人雷蒙迪复制了他的作品,并以此牟利。

随着印刷术的发展,欧洲出现了版画这种新兴媒介。版画可以多次印制同一件作品,由于丢勒的作品在欧洲很受欢迎,因此雷蒙迪将他的作品原样复制,并到处售卖,他用这种方式赚了很多钱。

丢勒将自己的名字缩写成AD打造成商标标注在画作中,而雷蒙迪连这个签名都原封不动地复制了。对此,法院做出了怎样的判决呢?法院最终判定,雷蒙迪只要在画作中去掉丢勒的商标,就可以继续复制并售卖。

用现在的视角来看,丢勒的控诉就是要求对自己的著作权进行保护。著作权是指作品创作者专有的权利,美术作品、书籍、照片、音乐、电影、戏剧、漫画、游戏等各种类型的作品的著作权都受到法律保护。当然,那个时代并没有著作权这个概念,人们也没有保护著作权的意识。

随着印刷技术的发展,不仅在美术行业出现了这种案例,

奇妙的人文冒险　　爱迪生的八卦小报

丢勒的铜版画《骑士、死神、魔鬼》

出版行业也经常出现私自印刷书籍的现象。创作人在自身权益受到侵害后，纷纷要求政府严令禁止这种行为。

世界上第一部保护作者权益的法律是《安娜法令》，1709 年由英国议会颁布，1710 年生效。其中规定"如果没有得到作者的同意，禁止出版任何形式的作品"。

任何原创的媒介内容都凝聚着创作者的心血与汗水，是创作者的知识产权。我们在使用媒介时一定要牢记，不能私自挪用、剽窃他人创作的内容。

从很多媒体事件中我们可以发现，媒体有时也许会被某些别有用心的人利用。正因如此，我们不能盲目地相信媒体。

媒体上的信息不一定是真实的，一些根据历史背景创作的电视剧、电影为了提高趣味性，也会添加许多编造的故事。

此外，信息发布人的立场与想法也会影响信息的侧重点与可信度。而商家在发布广告时，也往往只顾着大肆宣传产品的优点，却对缺点避而不谈。

因此，面对纷繁复杂的媒介信息，我们要用批判性的眼光仔细分辨，并认真思考这些媒介信息背后的真实意图。

本书部分情节与插图为作者想象与创作，或与史实有出入。

培养思维能力的人文科学

1. 秘密卡片上分别在什么时候显现出黑色墨迹？请你写出每一次墨迹显现的时刻。

2. 巴尔的摩车站的新站长对吴建河说:"如果你在编写报道之前,也来找我问问就好了,那样你一定能写出一篇客观公正的报道。"记者为什么要公正地编写新闻报道呢?请把你的想法写下来。

3. 在编写《保罗·弗雷》时，吴建河认为报纸上应该刊登对人们有帮助的信息。但艾尔的朋友比尔却说，让人们觉得好玩就是有帮助。你更同意谁的观点呢？为什么？请写出你的想法。

奇妙的人文冒险　爱迪生的八卦小报

4. 与叔叔分别后，吴建河在留言板上发布了一段文字，题为《是我写了告发信》。这段文字的内容是什么呢？请你站在建河的角度，帮他写一下这段留言吧。

未来，属于终身学习者

我们正在亲历前所未有的变革——互联网改变了信息传递的方式，指数级技术快速发展并颠覆商业世界，人工智能正在侵占越来越多的人类领地。

面对这些变化，我们需要问自己：未来需要什么样的人才？

答案是，成为终身学习者。终身学习意味着具备全面的知识结构、强大的逻辑思考能力和敏锐的感知力。这是一套能够在不断变化中随时重建、更新认知体系的能力。阅读，无疑是帮助我们整合这些能力的最佳途径。

在充满不确定性的时代，答案并不总是简单地出现在书本之中。"读万卷书"不仅要亲自阅读、广泛阅读，也需要我们深入探索好书的内部世界，让知识不再局限于书本之中。

湛庐阅读 App: 与最聪明的人共同进化

我们现在推出全新的湛庐阅读 App，它将成为您在书本之外，践行终身学习的场所。

不用考虑"读什么"。这里汇集了湛庐所有纸质书、电子书、有声书和各种阅读服务。

可以学习"怎么读"。我们提供包括课程、精读班和讲书在内的全方位阅读解决方案。

谁来领读？您能最先了解到作者、译者、专家等大咖的前沿洞见，他们是高质量思想的源泉。

与谁共读？您将加入到优秀的读者和终身学习者的行列，他们对阅读和学习具有持久的热情和源源不断的动力。

在湛庐阅读 App 首页，编辑为您精选了经典书目和优质音视频内容，每天早、中、晚更新，满足您不间断的阅读需求。

【特别专题】【主题书单】【人物特写】等原创专栏，提供专业、深度的解读和选书参考，回应社会议题，是您了解湛庐近千位重要作者思想的独家渠道。

在每本图书的详情页，您将通过深度导读栏目【专家视点】【深度访谈】和【书评】读懂、读透一本好书。

通过这个不设限的学习平台，您在任何时间、任何地点都能获得有价值的思想，并通过阅读实现终身学习。我们邀您共建一个与最聪明的人共同进化的社区，使其成为先进思想交汇的聚集地，这正是我们的使命和价值所在。

CHEERS

湛庐阅读 App 使用指南

读什么
- 纸质书
- 电子书
- 有声书

怎么读
- 课程
- 精读班
- 讲书
- 测一测
- 参考文献
- 图片资料

与谁共读
- 主题书单
- 特别专题
- 人物特写
- 日更专栏
- 编辑推荐

谁来领读
- 专家视点
- 深度访谈
- 书评
- 精彩视频

HERE COMES EVERYBODY

下载湛庐阅读 App
一站获取阅读服务

에디슨의 미디어 교실（The Media Class of Edison）

Copyright © 2017 by Shin Yeon-Ho & Hwang Jung-Ha

All rights reserved.

Translation rights arranged by SIGONGSA Co., Ltd. through May Agency and Chengdu Teenyo Culture Communication Co., Ltd.

Simplified Chinese Translation Copyright © 2022 by Cheers Publishing Company.

本书中文简体字版经授权在中华人民共和国境内独家出版发行。未经出版者书面许可，不得以任何方式抄袭、复制或节录本书中的任何部分。

著作权合同登记号：图字：01-2022-6822号

版权所有，侵权必究

本书法律顾问　北京市盈科律师事务所　崔爽律师

图书在版编目（CIP）数据

奇妙的人文冒险. 爱迪生的八卦小报 /（韩）申然淏著；（韩）黄贞贺绘；谢依锦译. -- 北京：中国纺织出版社有限公司，2023.5

ISBN 978-7-5229-0087-2

Ⅰ.①奇… Ⅱ.①申… ②黄… ③谢… Ⅲ.①儿童故事-图画故事-韩国-现代 Ⅳ.①I312.685

中国版本图书馆CIP数据核字（2022）第227728号

责任编辑：刘桐妍　　责任校对：高　涵　　责任印制：储志伟

中国纺织出版社有限公司出版发行
地址：北京市朝阳区百子湾东里A407号楼　邮政编码：100124
销售电话：010—67004422　传真：010—87155801
http://www.c-textilep.com
中国纺织出版社天猫旗舰店
官方微博 http://weibo.com/2119887771
北京盛通印刷股份有限公司印刷　各地新华书店经销
2023年5月第1版第1次印刷
开本：710×965　1/16　印张：30.75　插页：5
字数：220千字　定价：239.90元

凡购本书，如有缺页、倒页、脱页，由本社图书营销中心调换